# 一度塞いだ
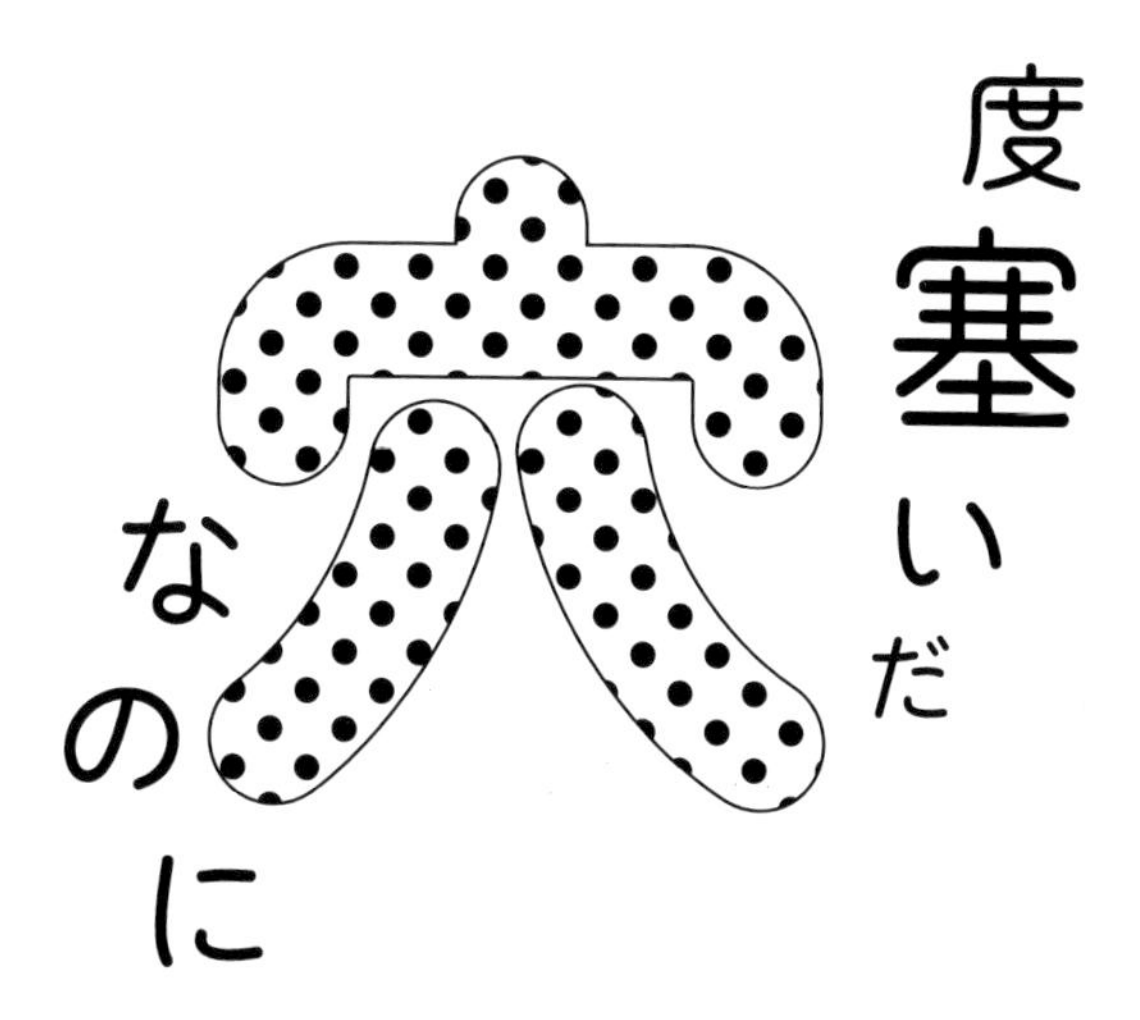
# なのに

ちょき

無題詩集

東京図書出版

# 一度塞いだ穴なのに◇目次

愛

・愛してるって、
みなまで言って。

No. 158

・えい。

くちづけに、
言えない想い
乗せて。

・私がどれだけ頑張っても
あなたのほんの一部にしかならない
そんなこと
解った上で
ほんの一部だっていいんだ
あなたの一部に私があるなら

No. 192

・何でもない一日を
彩らない
背伸びしない
無理しない
と
決めた。
だって疲れてしまうんだもの。
だから何でもない一日に
あなたが必要ってこと
伝えてしまおうかしら。

・君の作ってくれた「普通」に
私が入ってたから
それだけでよかったんだ
君はそのこと
知らない風にとぼけるんだけど
どうしても
「ありがとう」は
こぼれて仕方ない

No. 159

・今日は音楽
あえて聴かないことにしよう。
僕は一人
しんとした空気の中、
やはり君のことを考えた。

・ウィスパーボイスで贈る
君にだけ
耳もとで聞こえる
大きな
愛

崩れたリズムで贈る
君とだけ
共鳴するための
つたない
愛

No. 133

・自分の中には心があること
きっと気づいてるんだけど
他人にはあるってこと
どうやったって信じられなくて
いや、でも確信じゃなくてもいい
って思う
そう思うんだ

・確実なものはなんだろうって
それって愛なんじゃないかって
これほどまでに曖昧なものはないのに

No. 172

・本当の事ほど嘘っぽいのに、
嘘ほど信じたくなる。
こんな時にやってくる、あなた。
あなたはどうなの？

・烏の濡羽色の
君の髪の艶の
煽情よ

No. 127

・これ、何もない詩だから
好きな言葉入れて
自分だけの詩にしてよ
「　　　　　　　　」
勝手に決めちゃったけど
8文字でもいいかな
そんなんで足りる訳ないか
って思ったけど
いや、むしろ多いくらいか
言葉でなんか
できることなんて
これっぽっちだから
だから
今あるだけで

No. 127

試行錯誤してんだけど
言葉を超える何か
見つけてさ
僕と君のあいだには
きっとあるはずだから

No. 174

・おんなじような
想いなら
別にもう
難しい事は
いらない
から

・私の好きなアーティストの歌は
ふたつ　か　みっつ　くらい
好きになってくれればいいのよ？
でも
私のことは
全部
好きになって。

No. 134

・のど〆て
眠りにつかせて
片付けて
殺してやって
楽にして
そんなふうに
愛して

# 哀、愛

・結局こうなるんなら
恥ずかしいじゃないか。
初めて出会った時に
運命みたいな顔をした僕が。
恥ずかしいじゃないか。

No. 36

・さびしいと
言っていたけど
今日だけは
さみしい

・光を放たぬ僕の
隣の君の
影はなく

No. 95

・なんでもきれいそうな君の
望む世界は
キレイなのだろうか
その世界では
汚いものなんて
無いのだろうか

・親密にはならないのに
少しずつ近寄っていってしまうんだ
密接となることはないと
解っているのに

No. 55

・負のループ
陥る
カップルダンス
もう二度と終わらないダンスを
踊る

・あなたといろんな経験
したから、
感情はほとんどあなたに作ってもらった。
あなたがいない今、
こんなにも辛い感情が
絶えないのは
なんで

No. 164

・ため息を一つ
いや、二つ
嫉妬とはそうゆうものと
知りつつも

・君が好きなことをしてる時の
この寂しさが好き

No. 145

・早くこの余韻を誤魔化して
誰かどっかに連れてって

・有名な歌手の
今話題の
絶品の
永遠に聴かれ続きそうな
バラード
じゃなきゃ無理なのかな
こんなんじゃ
だめかな
こんな詩じゃ
君の心をそれ以上落ちないように
そっと支えるような
できれば少し
持ち上げてしまうような
ないかな

No. 146

・苦笑いを見きわめる方法
見つけたよ
私のときは全部それ

・君は笑う
他の人といるときに
君は笑うんだ
他の人といるときにだよ？
嫉妬しちまうよな

No. 215

・どっちが先に死んでも
忘れたときが命日
だから
ふたりとも死ぬまで
僕らは一緒だと約束したね
私はもう灰になったから
正解が
別れたときが命日
に
なっちゃったんだよ

・知っていた
いつも僕が言い過ぎで
ついに君は行きすぎて
知っていた
君が先をゆくことを
君が先にゆくことを

# 哀

・楽しい思い出ほど残酷なものはない
ああどうかこのまま逝かせてほしい
残酷な思い出など、生まれる前に

No. 121

・死ぬのは怖くないのに
年を取るのが怖くて仕方ない
「何か」が
終わってしまうかもしれないから
自分なら終わってしまってもいいのにね

・一つ犯罪を犯せるとしたら
他人(ヒト)の人生を盗みたい

No. 35

・一度に背負う感情が大きすぎて
それを日常に分配しようとするけれど
一度目の人生でそんな難しいことは、
出来ない

・こんな詩
訳さないでくれよ
他の言語じゃ
わからないからさ
って
こんな詩だけは
わかっちゃいそうじゃないか

No. 132

・平和

近づこうとすればするほど
遠ざかって
じゃあ真裏から攻めてみたり
囲って一斉に攻めてみたりしたらどうかって
考えてはみたけど
それって実際にはどういうことかって
具現化できないなら
そういう思考は無駄だったってことなのかな

・不意に落としたその一滴は
春の風に流れて海の中へ消えていってしまった。
どうせならば
最大限の悲しみを込めて落とせばよかったと後悔した。

No. 112

・日常

〜少しの虚しさを添えて〜

神様からのこの料理

残さず食べてみようかな

・晴れなのに
昼なのに
踏み場の無い
変則的な
歩道に
陽は当たらない

No. 131

・溢れそうならあげるよ
コップ
いくらでもあるから
無駄に沢山もらうから
余ってる
そんな安売り
っていうかタダ売り
してるから
重要に扱わなくなってしまうんじゃないかな
そして溢れやすいコップになるから
また欲しくなって
負のループ

・人の人生を
君の思想を
奪いたい
あれ、これ前にも同じようなこと
思ったんだっけか
盗みたいものが
増えちゃったなぁ

No. 147

・今、悲しすぎる曲は聞けません
だって悲しくなっちゃうから

・心が
とても
痛かった。
なのに
こんなささくれが
痛い。

No. 152

・僕はあの人たちのように
誰かの先導者に
ならなくてもいい
と投げ捨てた
でも惜しい
やっぱり惜しい
ちょっと惜しい

・愚痴、弱音、ため息、涙、イラつき
そんなもの、ほうっておけばいい
そんなもの漏らしたって
世界は汚れない。
こんなにも汚れきった世界では。

No. 139

・人は優位であるために
人のおかしさを嘲笑(わら)う。
自分が下位でいられることに
喜びを感じられたなら
もう人を傷つけずにいられますか？

# 哀
# Ⅱ

・昨日までの晴れは何だったのやら。
朝起きるとこんなにも曇天で。
そんなかっこよさげな言い回し
してみたんだけど
それすら僕の気分を滑落させるようだ。
自然に囲まれていれば、
むしろ幻想的な空気だったのかもな。
ひと粒、ふた粒と
僕の心が濡れ始めた。

No. 13

・泡がのぼり
身体は沈んでゆく
底につく、ふかく、深く
どこまでも落ちていく
ミステイク
ただそれだけ
たったそれだけ

・恋が
深ければ深いほど
抉られる
この心。

No. 144

・心がちぎれそうで
ただ寝てるふりだけしてた

・自然光、今日はこんなにも少なくてさぁ
悲しい歌でも聞きたくなっちゃうなぁ
だからさ、電気をつけたら
心は反比例して暗くなっちゃうから

No. 96

・どれだけ言葉を投げ込まれてもこの心は埋まらない
貫通しているのではないかと思うほどに
そもそも入らないようにフィルターをかけられているのではないかと
思うほどに

・あなた方、
なんでもなおすと言ったのに
心の故障は
なんでダメなの？

No. 90

・遂に「検索」って検索してしまったが
案の定欲しい答えは手に入らなかった。

・一度塞いだ穴なのに、
　嗚呼また穴あき、広がって

No. 34

・現実を見ること
人間として生きること
それが大人になるということ
そうならば
大人になりたいなんて
言うんじゃなかった

・重たくのしかかってくるから
もう
ぺったんこ。

No. 16

・生きることは
息を止めるよりも
息の根を止めるよりも
痛い

・自分を何回無くせば
人生やりきれますか？

No. 155

・負の感情ばかりを培って
喜びの中にも
小さな不幸を見つけられるようになった僕は
僕はいつ
いつ幸せになれるでしょうか

・私が捨てた一日は
誰かが拾ってくれるでしょうか

No. 106

・雨がやんだ。
それだけで泣き崩れてしまうと
恥ずかしいからあえて
無表情で突っ立っていたら
身体は身ぶるいだけさせた

# 私、哀

・冗談
本気で信じてくれるような
友だちが
大切なこと
なんで今まで気づけないんだろう

No. 82

・専門書なんて
自分には似合わないこと
知っていた。
もう、
ちょっと遅いけど
人生の
入門書
あったらください
あったら、ください。
あったら。

・コミュニケーションが苦手だって
伝わってないことがもう
その証拠

No. 213

・黙るという行為にどれほどの想いがあるか
今しゃべっている側に
知る術は
ない

・どこかもわからぬ天国へ向かって
走っているつもりだった。
案の定
地獄への落とし穴、
ひっかかった

No. 119

・こんなことしてるほど
平和じゃないみたいだ
こんなことしかできないんだけど

No. 122

・嗚呼
って
それだけの詩。

補足が入ります。
日常的に漏れます。
漏れると言いましたが音にはなりません。
基本的には心の中だけで。
でも何に感傷的になっているかということも
わからないときはしばしばあります。
でもきっと何かを伝えたかったり整理したかったりする時に出るのでしょう。
いや、しらんけど。
漢字まで存在するこれはきっとありふれた感情なのでしょう。

No. 122

これ自体が感情なのでしょう。
嗚呼、上手く言えない。

・定義とかないし
なんでもあり
なのに
常識とか圧力とか
ありすぎて
誰かが先頭で
先導して
無くしてくれること
待ってる
だけ

No. 118

・常識とか良識とか
範囲は
なん平方メートルなんだろう
実際のそれより
何倍も広くていいんだろうけど
広げまいとする
圧力が強いんだよね
共感
してくださいますか？

・「メリーゴーランド」
別に人生の比喩とかじゃないのに
勝ち馬
選んで乗らないと
って
いつからか
楽しくない

No. 93

・久々に負けたカケに罰ゲーム
本当に好きなヒトにメッセージ

・ローディング
終わった直後に
ローディング
君からのメッセージが
来てないかな
なんて。

No. 176

・崩れ落ちたなんて
伝わらないから
正常な理由で繕った。
そんなんでいいのかと
疑念を抱きながらも。

・独りチャリ漕いで
風に靡いてしまった心
ユラリンぱらぱら。

No. 150

・隠喩とか
フリとか
知らない技法とか
たまたま効いててくれないかなぁ

・ある時
悲しみから涙を流した
それはやがて
植物を育て
動物を育てた
当たり前じゃないか
悲しみが絶えないことなんて

No. 170

・少しでも人の為にと
考えた結果が
もし
報われなければ
そんなの
おかしいじゃないかっ

私

No. 26

・愛(あい)があるから
上(うえ)を向いて進めるんだと
それだけを胸に
歩き始めてみた

No. 8

・乾いた黒の上に
潤った白を塗ろう
どんな色とも調和するように

・インスパイア
されてしまいな
ありきたりな
くだらない詩に

No. 83

・そんな叫ばれたって
なんも響かねえ
って叫んでやった

・無知を楽しんでいて、
それを知らないのである。

No. 125

・ただ始まるだけなのに
何か終わってしまった気がして
何かの終わりは何かの始まりだとは聞いてたけど
何かの始まりは何かの終わりだって
そういうことでもあるんだなって
そう思った

・やってやったよついに
できちまうときは本当に一瞬なんだな
いや、刹那って言ったほうが雰囲気出るか？
矛盾するんだけど
興奮で眠れなそうだよ

No. 162

・心：「私の毛は
　別にあなたのために
　消したり
　伸ばしたり
　整えたり
　してるんじゃないこと
　理解すべきだわ」
心：でもいつもあなたのことを考えてはいるの。

・白のワンピースとか
着られるような
人生でありたかった
いや、
白いワンピ
きれいに着こなしてる人を見て
胸がギュっとなる
この人生でも
やっぱりよかったのかも

No. 128

・「コンパクトで
エモーショナルな
パワーワード的な
ポエムを
お探しで？
そんなものありませんよ」
なんて言われそうで
じゃあ自分でつくろう
なんて
思うんじゃなかった

・トゥントゥントゥントゥンのリズムで
2回頷く
なんかそんなことでも
何度も続けてれば
自然に身体も
動き出したり、
しない？

No. 141

・スイッチ

オーーーーーーーーーーーーーーーーーーーーーーーーーーーフ

・私たちは知能だけで詩を書いているのではありません。
だからこそ人の心を動かせるのだと信じています。
そんなことを
彼にこたえてあげよう

No. 40

・「サヨナラってするものなの？」
って聞くから
「あるものだよ」
って言ったら
困っちゃったみたいだから
だから
「さよならしよう」
って言ったんだ。

・自由を
最高の時を
遂には幸せを
全員が授かるようにと
ココロから願う

# 私 II

・いつかおとずれるその日を
知ってか知らでか
今日。

No. 198

・ゴミ箱の中の紙からつくった紙ひこうきが
一番飛んだ

・君がいないとまわらないんだ
時計も歯車も空気も頭も地球も
いや、遠まわしに言っちゃったりして
そういうところだけはまわるんだけど
僕が
まわらないんだ

No. 101

・卒業の歌、
毎年聞いて
それが12時みたいに
こころの針、
合わせてる

・単純明快なハッピーエンドにも
心を動かす何かがあった。

No. 214

・最近のフィクションへ。
私のそうぞうに
委ねないで。

・余韻は
美しい
なんて
知ってるけど
そうか
これは余韻じゃなくて
後悔
執着
依存
たまにはザラついてたって
キレイと思おう

No. 169

・だって、
人のぬくもりが必要なときが
人生にはあるんだもの

・誰かがおんなじ詩
つくってたら面白いのになぁ
そんなことを思って
短い詩ばっか
つくってるんだ

No. 181

・これまで
何千回
言葉で表せないこと
経験してきただろう。
常に学習する生き物なのに
まだ言葉の力を
信じてる。

・一生のお願い
あの時に使っとくべきだったかなぁ
あ、でもそうか、
使ったとして確実に
承諾されるわけじゃないんだ
じゃあ
一生のお願い
一生
言わない

No. 41

・こんなにも思い出の少ない人を
神様は殺してはくれないだろうけど
僕は
あの思い出
だけで充分すぎるくらいなんだ

・世界平和
願うと同時に
たった1人の
かけがえのない人の幸せ
願ったとして
それを不公平だと
不平等だと
差別だと
そんなことを言える人はいるだろうか？

No. 79

・自分を全て否定されたような気持ちがあって
頭はそれだけしか考えられなくて
周りは華やかで、
それが痛々しくてなんだか心地よかった

・本当に神様が運命を決めているのなら、
神様っていじわるだなぁ。

相

・死のうとも死なずとも
哀しみ
知ろうとも知らずとも
悲しみ

No. 53

・いつか消えてしまうでしょうわたし
わたしいつか消えてしまうのでしょう

・それはいけません
それはありませんが
それもいけません
それもありませんが

No. 153

・僕に影響を与えすぎたあの人たち
あの人たちは
僕に影響を与えすぎたんだ

・しょうもないのもしょうがない
しょうがないのがしょうもない

No. 32

・わりと人間が強いことを
わりと人間は知らない
そして
わりと人間が弱いことも
わりと人間は知らない

・わざと
できないのがかわいいのではなく、
わざと
やらないのがかっこいいのでもなく、

No. 88

・あなたの前だけかわいいあたし
みんなの前だけカッコいいあなた

・朝からニュースは暑さで持ち切りで
この一年中ホットな関係は
ニュースにはならないのにね
と笑いあった
あの頃

夕方のニュースは寒さで持ち切りで
この一年中冷え切った関係は
ニュースにはならないのにね
と、あなたには
言えない

No. 97

・一旦って言ったんだ
　一旦だって
　言ったんだって

・夏が終わらないからさ、
秋が来ないなんて、
そんなこと思ったんだ。

そんなセンスないからさ、
人の感受性に
ゆだねようと思ったんだ。

No. 115

・本
読みすぎた
せっかくの
桜
もっと
眺めればよかった
散った
本は散らないのに

殻
こもりすぎた
せっかくの
空気
もっと

味わえばよかった
もっと
味わえばよかったのに

・君を一番に見つけられるように
遠くの緑
見つめていた

No. 61

・目を瞑る
鼻を摘む
口を噤む
耳を塞ぐ

そして
顔を覆う
僕は僕だけを感じた

・そういうことは目に見えないって
ずいぶん前に学んだはずなのに、
耳でも聴こえないんだってことには
ようやく気がついた。

No. 89

・真横から見れば完璧なのに
正面は駄作だから
誰の目にも留まらない

・銃口のような目がこちらを向き、
弾丸のような視線が僕を貫いた。
それは僕を発狂させ、
さらに多くの銃口から出た弾丸が僕を貫いた。
そしてすぐにゼロに戻った。

No. 86

・いつもは胸に響く音楽が
今日は頭にひびいたから
もう何も聞けなくなって
だから耳をふさいだんだ

・熟したみかんの皮って何色ですか？

オレンジ、ですよね。

中身は何色ですか？

まあ、白いなんかよくわかんないのがあるけど、オレンジですよね。

その人はみかんの皮を見てそれ自体がオレンジ色だと決めつけていたんです。

中身が黄緑だったら、そこを一番にツッコむべきでしょうに。

No. 100

・頬を伝って口に着地した涙のしょっぱさが
最後の味つけです。
たった今完成したんですよ。

・目を閉じて
目を開いた
たったそれだけのように感じたんだ

No. 111

・声を見る、
味を嗅ぐ、
匂いを味わう、
それができたら
本質は
もう
すぐそこ。

って感じなんだろうなあ。
ちなみに僕は1つも。

No. 92

# 目

・見えなくて
聞こえない
かくれんぼ
子どもの頃は
みつけられたはずなのに

触れられない
匂いもない
かくれんぼ
いつからか
見つけられない

# 一度塞いだ穴なのに

無題詩集

2023年12月13日　初版第１刷発行

著　　者　ちょき
発 行 者　中 田 典 昭
発 行 所　東京図書出版
発行発売　株式会社 リフレ出版
　　　　　〒112-0001　東京都文京区白山 5-4-1-2F
　　　　　電話 (03)6772-7906　FAX 0120-41-8080
印　　刷　株式会社 ブレイン


ISBN978-4-86641-713-4 C0092
Printed in Japan 2023